滄海叢刊——東大圖書公司

移向成熟的年齡

·1987－1992詩·

葉維廉

國立中央圖書館出版品預行編目資料

移向成熟的年齡：1987－1992詩／葉維廉著. --初版. --臺北市：東大出版：三民總經銷，民81
面；　公分. --(滄海叢刊)
ISBN 957-19-1460-6（精裝）
ISBN 957-19-1461-4（平裝）

851.486　　81006449

 移向成熟的年齡
(1987-1992詩)

著　者　葉維廉
發行人　劉仲文
著作財產權人　東大圖書股份有限公司
總經銷　三民書局股份有限公司
印刷所　東大圖書股份有限公司
地址／臺北市重慶南路一段六十一號二樓
郵撥／〇一〇七一七五──〇號
初　版　中華民國八十二年四月
編　號　E 85233①
基本定價　伍元伍角陸分
行政院新聞局登記證局版臺業字第〇一九七號

ISBN 957-19-1460-6（精裝）

還是獻給与我穿行歲月的蔡美

移向成熟的年齡

·1987～1992詩·

1

沈淵

遠航

季節的召喚

趁暴風稍歇

馳行

詩的聲音

故園餘稿

附錄

沉淵

沈淵

希望隨著成熟而脫落

1

在快速的滑落中
火焰狂奔，傷痕
如記憶反刺
此刻
盲目失侶的鳥
在黑沈沈影幢幢的林木間

猛撞
生命，在快速焦灼的滑落中
忽然
竟似
停息在
沒有方向的活動裡
如此令人措手不及
決定和猶疑
縱的線，橫的線
在垂天的雲間
織織放放
結結解解
而亂成一個不收不撒的羅網
從天的一邊

伸到天的另一邊
盲目的記憶
衝刺啊不衝刺啊
幢幢的網影下
生命移向了成熟的年齡
而方位卻
中斷在
無法預見的崖岸
然後
在快速的血的瀑瀉裡
我努力去搜索
炸碎在沈淵的碎片
我拼命去拼
而拼不出

夢的門
拼不出你我仰望的
活潑潑的騰躍……

2

在那旋轉的黑色的牆底下
在那沒有光沒有色的水中央
當巨大的生命
驅著海潮逐著時間
把它們迫成一個
逐漸緊縮的漩渦
你我相擁成環
以陰陽的威力
敵住

那激濺萬里陷落千㝷的海嘯
相吸相引的環
如是在生命的微隙裡
維護著一種存在一種完整
如是在旋轉的黑牆下
訴説著一種難得的傳奇

3

是什麼一種內在的腐爛
像愚昧像狂野的一種知識
在一夜之間
竟讓緊縮的水漩把環迫裂
而你啊
就如此突然地

被漩到我呼喊無從觸及的天邊
在旋轉的黑牆下
在沈淵的極底
我的呼喊呼喊
如急速的水沫
流失、逸滅
而漂浮、湧盪中的你啊
可聽見
我行將歇止行將失滅的呼喊？
可看見
我努力從水底伸向天邊的手影？

4

緣生是什麼？

無明是什麼？
痛即無痛、生即無生是什麼？
教我如何用思想
去制服
此刻狂蠻的漩湧與激濺？
教我如何
在浩浩然的一片黑色的風暴裡
找回未失散的水滴
找回未灰化的沙石？

5

沈默
比耳邊的銅鑼一響

還要震盪

也許
爆炸才是
看見自己破碎後
眞實的形相

6

一切就如此棄我們而去嗎？
擊水千噚的風
兼天湧濺的浪
佔有著我
支駛著我
而我
握住一管漂浮的流枝

在礁石間
沖激
或者
淹
沒

7

那裡是
夢的
接合的邊緣？
崩裂
是一種新的知識？
遺忘

是一種新的開端？

沈淵裡

思想耐心地等待著成為情感

一九八七、七

軀殼之頌

外：
晨光、太陽花雨、夜潮浪
靜的祕流
內：
吐納、循環、脈澎湃
動的玄寂
風暴發而山崩地裂

情欲起而神分體毀

或曰
內外一體
一體一心
宇宙心自然心人心物心
共同操作
一心一意
未分封

果如是：
教我如何去抗拒風暴的入侵？
教我如何去制止情欲的外爆？

分而能合
合而仍分者
乃因你我之軀殼
外拒風暴的狂蠻
內制情欲的氾濫

外：
晨光、太陽花雨、夜潮浪
內：
吐納、循環、脈澎湃

靜的祕流
動的玄寂

一九九二、夏

轉折

1

透明
窗外的景色
在寂寂中微顫
也許
血的運行
已經衝破了阻塞

也許
氣的調度
已經喚醒了
生命剩餘的細胞
他第一次
覺識到他一生中所欠缺的
美好
一個曾經是沒有意義
沒有實感的詞語
陽光、透明
第一次如此結實地
衝入病房
亮起白色單調的四壁
一陣彷彿是神在穿行的

風
把几前的康乃馨
甦起
一切彷彿如此輕易地
流動
生命彷彿也如此輕易地
重新掌握自己
美好
結實的美好
那怕是一分鐘一秒鐘
透明
把一切顫動的陰影
逐到遙遠的天邊
美好

結實的美好
那怕是一分鐘一秒鐘

2

透明
才一分鐘才一秒鐘
港口的霧
騰然昇起
潮濕湧向眼角
才一分鐘才一秒鐘
便佔領了眼球的晶體
在一片迷茫裡
蛛網密結
是如此的意外

是如此的快速
才一分鐘才一秒鐘
便把瞳孔塞滿
凝滯
凍結
一片空茫的眼眶
一片空的眼眶
一片空
充滿著懼怕的空
一片無法描述的懼怕的空
如落霞滿天
把一切界線形體泯滅
一雙風乾的骨頭的手
在空茫中亂抓

欲抓住那一閃而去的透明
欲抓住那一現而失的美好
結實的美好
生命的美好
欲抓住一絲可以固定的記憶
在這界線泯滅的流漓漂盪中
欲抓住
譬如那數十年來在埋怨中
仍然日夜侍奉他的妻子
（她果眞在彼岸等著他嗎？）
欲抓住
譬如那長年浪遊在外
如今在床前
卻又無法看見觸到的兒子

欲抓住
譬如那和他的身體
數十年來結而爲一的床
欲抓住
那條故鄉裡畢直的小路
由祖屋的曬穀場
跨過小溝
直通南門
指向松雲四起的南面山
又譬如……
啊
都在流著
　凝著
　流著

凝著

在盈尺的感覺之外

後記：

事情發生在十年前。父親的離去當時衝擊太大了，只記下一點印象，始終不敢回頭去把這些印象串成一首詩。那天整理殘稿，那猛烈的一刻忽然從零碎的印象中躍起，我便把它抓住。我不敢、也不願重溯四十餘年來由他癱瘓在床到離世間的種種酸楚。

一九九二、夏

遠航

遠航

太陽
被泉湧的
白色
漬染

語字
無從發聲

我……
……
泉湧的
白色……

突然
血中騰騰
流動著
花的字母
澎湃、循環
在我體內

一千個山
攔住

一千個海
等待了一夜之後
都被歸劃入
硬體
軟體

由是
街道傾倒入
無法量度的空間
像剪刀和鉗子那樣
隱現在
激光濺射的
一場啞劇

由是
你我
魚貫而行
等待著
輸入一個龐大的
黑箱子裡
你我
等待著
去接受
全新的基因

綠行在葉中
色逐著陽光而變化
頑石呢

是解構不盡的
堅固和抵抗

奇異的冰雹
如吃驚的
鴿子
成排地
飛起

湖
掙扎著
成爲陸地

風

消滅自己

火山
以憤怒
來蛻變

當
神祕的數字
神祕的活動
神祕的結合
神祕的誕生
數字
活動
結合

誕生
字
動
合
生

我
由房間裡緩緩伸出
眼睛淹沒
在泉湧的白色裡
然後肢幹流走
臟腑被
枯枝攔住
床

遠遠的
掛在一顆星的旁邊
（一顆星是一條命啊！）
（如此遙遠欲滅的一絲記憶！）
剪刀流走
鉗子流走
花朵流走
把天空
割成
泉散的破絮

一九八八、春

反視之歌　十段

其一

延綿
向千百之外
向億萬之外
向零之內
向內之內

精粗不具的
一種存在
即是開始
無始之始

其二

山
獨立
而隔
且
連
視覺之有
視覺之無

其三

跳動
騰躍
橫太空而來
縱太空而逝
雖小
卻都溢溢焉滿著
你我的企望

其四

颼颼

如風
似箭
不知是空間的逸
還是時間的失

其五

絕塵
而
無

其六

延綿

在圓之圓之外
在圓之圓之內
一種數學
在數字之上
在理則之上

其七

留跡
一線一生命
一日
一月
一年
一世紀

跡出跡入
可是你我必然失去的
歷史？

其八

人
自己倚著自己
一
個
一
個
孤零零
在延綿無邊的

黑
暗中

其九

跫音
細得無從聽見
而被聽見……
不欺視覺
是點滴可見的
行色

其十

零那個線圈

逐漸模糊
話還未說完
便已經
了無痕跡

一九八七年作品

著花這個事實

說尋常
卻不尋常
我沒有理由
像王維那樣
向初識的你
問：
木蓮著花未？
當你帶著我穿城而馳

一個我當年未識的城市
一個我猶待認識的城市
彷彿一切都不重要
只要那花
從長長冬天覆蓋的記憶中
爆放開來
狂暴的風
把路旁溶雪後
初發的微綠壓倒
萬柱
無葉的黑枝
奮然伸向沈灰的天空
也許這就是爲什麼

著花這個事實
是那樣重要
當這個城市的繽彩
溶失爲一張底片
轉黃、焦滅
而逐棄
說尋常又不尋常
我向初識的你
問：
木蓮著花未？
當草原的風
猛然把我的灰髮吹起

雲絮雲絲一片
佈滿了早春的夜空

氣候的描畫

海與沙灘。
一條熨得平滑的大藍裙，
一個玉白的胴體，
展臥向天邊。

太陽打著最亮的燈來窺看
淘氣的雲偏要從老遠飛過來遮擋。
太陽便奮力把燈打得更亮更熱

把雲燒穿
把雲化滅。
雲又加厚地移過來
把太陽重新遮住。
如是
忽明忽暗
明明暗暗
卻忙煞了在草地上的水彩畫家們，
把顏色換來換去，
暖色寒色，
總是捉不住那急促的遞變……
坐在公園木椅上的老人翻閱著報紙，

像四十年來每一個早晨那樣，
讀著讀著，
「什麼又得改了，唉，三天兩改！」
說著便把報紙一揉，丟到垃圾箱裡去。

在如茵的草地上，
光著屁股試步的嬰兒，
時時放聲大笑，
笑聲裂破晶亮的空氣。

園外一個彷彿永遠低著頭的少年，
全然裹在他的思索裡
尋著
追著

忽地發出聲音來，沈吟而自語：

「法在內……景居內……

關於那永恆不變的氣候。」

太陽依舊奮力地打著燈……

雲繼續加厚……

明明……

暗暗……

暖色寒色，

忙煞了一群聚精會神的水彩畫家們。

一九八八、春

木片的自述

1

有誰知道
我一度也是
有生命有生長的呢？

2

說轉生

說輪迴
我的死
便是他者之生
腐朽中的新生
都是神奇的
都是莊嚴的
善哉
善哉

3

如是
我將解體
化入
構造

萬物萬化的
元與
氣

4

譬如蔬菜瓜果
一切的欣欣向榮
一切的蓬勃
可都是爲了
飲食者果腹的慾望？

至於存在
我沒有
也無需哲學

但死
我不要不自然的死

5

我不知道如何去看人類
我只知道
作繭自縛
不是我的與生俱來

6

我也從不攬鏡自照
自照
是因爲

內在的光已經失去了嗎？
自照
是因爲
素樸的原質
已經無法支撐
一個軀體？
鏡
不是已經有人說過
只是騰騰生命的假象了嗎？

7

因爲騰騰
因爲洶湧
因爲流動、循環、運行

把冷轉熱
把熱化冷
永遠健康的溫度
向高、再向高、再再向高的天藍攀升

8

即在我活著的時候
我從不依憑
顏彩往身上塗抹
或減肥減瘦的仙丹
燕瘦
環肥
自在美

君不見
我的硬瘦屈鐵
我的盤結
都是人間品上品的奇異？

君不見好一片讚頌的詞藻嗎
「醉人狂舞」
「怒龍驚虬」
「倒崖覆身」
「披頭杖劍」
……
好一片讚美的詞藻啊
並保不住我自然生滅的生命

9

有誰知道
我一度
也和你們一樣
有生命有生長的呢

10

詩人們
別爲我寫什麼輓歌
因爲那輓歌
其實寫的不也是你們自己嗎？
言
與

無言間
一閃而過的
正是你我都欲擁抱的神性

一九九二、七、十

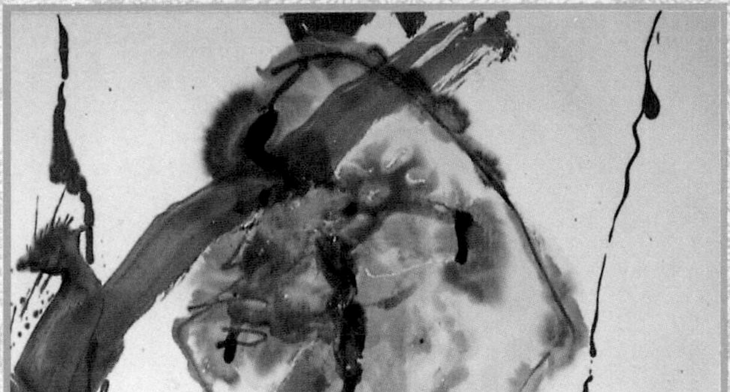

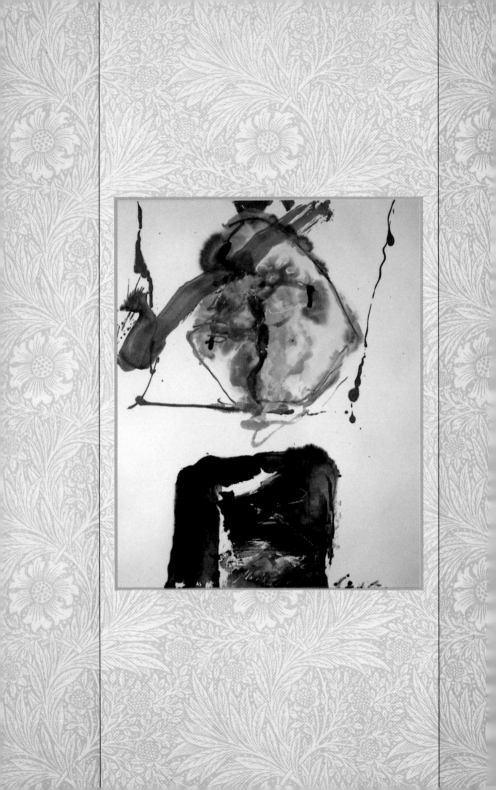

季節的召喚

北國之冬

所有的山
都爲鳥所棄
所有的路
都顫向冬天
那淡入白淡入無的遠方
一支雪峰
獨力
刺著

撐著
無情的天藍
從剪得濃黑的樹枝間
飛出
一隻老鴉的厲聲
喚醒了一山谷的生命
在兩個巨大的冰湖上
冰刀，快快慢慢旋旋轉轉
劃切著一首北國之歌
彷彿要響應鴉啼
凶凶的獵犬逐著牠們的主子
把沈暗的夜色擁入
當眉目不清的兩個農婦
直覺到時辰的轉至

把稻草點成熊熊的大火

一九八七、十

伊士坦堡之晨

像時令那樣準確
多少世紀以來都如是
似斷還續的
雄音
像潮湧那樣韻動
像古代隆隆的戰鼓
一排逐一排
越過沈睡如泥的黑夜

搖著千戶萬戶
摺疊上山頭紅瓦的屋頂
震盪著揷空的尖塔柱
挾著星辰和眉月
騰騰然踏著瑪瑪拉微揚的海波
踏著寂然停泊在海灣的船隻
奔來湧來
一浪推著一浪地
那響入雲霄的回教寺的早禱
把附近機房的微顫
和嘎嘎地擾人清夢的烏鴉的爭逐
完全淹沒
一浪接一浪
排山倒海地湧來

有多少人像我因爲失眠而聽見呢？
又有多少回教的市民眞的會
從睡夢中躍起
黑袍一團團地
在這個睏倦的時刻
是早上四點吧
忍受著白日苦熱下一天工作的疲勞
匍伏在地、面向麥加、唸唸有詞呢？
一片空寂無人的街上
幾隻鴿子
在行人道上撿啄著
昨夜情侶們
或一家大小扶老攜幼在此夜遊
所留下的殘食

眞正早晨的開始
是更均勻
更清脆而著地有聲的
馬蹄聲
拖著一輛破車
一路撿收著破爛
在太陽自愛琴海上升起之前
在你我起床梳洗之前
把市街爲市民準備準備

一九八八、七、二八

翡冷翠大教堂的夜語

只有到了深夜
當人的浪潮車的浪潮
都已隱退
把空城還給我
當汚濁的塵埃落定
再次在天空中
展露出文藝復興時代的星辰
輝照著「美得齊」王朝

高低逐戲的白牆紅瓦
我才彷彿可以重獲自己的存在
只有到了空無一人的深夜
我才敢把但丁、米開朗基羅、
勃克齊奧、唐那提羅、
達文西、勃提奇里……
從黑暗的地土裡喚醒
來共同重溫（唉，還是嘆息呢）
那行將永遠滅絕的天地——
「美得齊」的翡冷翠！
只有到了深夜，但丁才敢躡足
走過安諾河，以深情的注盼
搜索那香逐微風、
從一片青草繁花的水邊

走過的比雅提斯……
只有到了深夜，我才隱約
重新聽見壁畫上
更細緻的無聲的音樂
和舊宮廣場上
泉聲爭湧
自互相唱和的雕像
愛曼那提的海神
米開朗基羅的大衛……
因爲白天啊
他媽的白天！
（「他媽的」當然不是我們文藝復興時代的用語！）
每一分鐘當我低下頭來一看
那被浸蝕得僅可立足的空間

總是塞滿了人頭
欄內欄外都是人頭
十萬八千雙眼睛
盯著我那全城唯一如玉翡翠的身體
盯著看、梳溜著看
貪婪著看
然後電光閃閃、咔嚓、咔嚓的
都快要閃盲了我的眼睛了
同時四面八方衝來的汽車、巴士
和震耳欲聾的機車
像打繩索那樣
扭扭轉轉地穿織著蛛網的街道
喇叭他媽的亂響亂叫
(「他媽的」當然不是我們文藝復興時代的用語!)

噴著黑煙
眼睛一樣黑的黑煙
薰得我靈魂如鍋底般黑
幸好
戴著布倫尼其給我的紅瓜帽
我可以昂起頭來
忘卻脚下的汙殘與蠅叫
像多情的但丁那樣
向遠方搜索
尖塔外河橋外
一列列和我相望了五百年的青山
和夾在青山間
蕭蕭的白楊樹
金香的水稻田

聽：那哼著我依稀猶辨的小調
在收向日葵籽的姑娘
聽：
山群外，在霞青的溫泉谷中
以高昂的歌聲應和著
有羅馬人
快樂地在那裡把汙垢清洗
咔嚓、閃閃
啊，他媽的現代！
（對不起，請原諒我這個文藝復興人說了粗話！）
只有等到深夜……

註：

詩中人名都是當時的名詩人、作家、畫家、雕刻家、依次是Dante, Michelangelo, Boccacio, Donatello, Leonardo da Vinci, Botticelli, Brunelleschi。「美得齊」即Medici。「比雅提斯」即Beatrice。

夏威夷大島記事　三章

其一

從黑色的岩漿裡
濺著陽光
湧現
翻騰的彩色

濺著陽光
濶大的笑
和王者之蝶一般的袍裙

其二

每隔一些時間
大神祂就要把積鬱了萬年的怒火
和內臟裡的廢物
一齊吐出
熊熊的焰液
燒得滿身的傷痕
爲了
給人類

更肥沃更美麗多變的泥土
給人類
死而復生的解構的力量

其三

所有的山
據說
都是一種湧流
不信？
看！
紅紅的岩液
千軍萬馬的驅勢
在一隻無形的手的指揮下

一筆一筆的
迂迴起伏
紅墨粗大的線條
破山
建山
破谷
建谷
不斷的解構
隨物賦形
因形造物
向大海
奔去
風協助著
水協助著

好讓
激情的驅勢
成爲流跡
成爲摺痕
而凝結爲山、爲岩、爲谷、爲地
爲林木繁花的生長

一九九一年六月

北海道層雲峽的秋天

1

極目的大空大寂裡
好一片閃爍的流麗

無人看見

高山上　峽谷裡

霜霜　雨雨
成熟了
淋漓欲滴的秋紅

2

斜風
箭雨
點點　撇撇
點點　撇撇
滿山滿紙
都是
沾黃沾綠
沾紅沾紫的
顏彩

3

山谷引
風
風引谷
一山一谷的紅葉
一山一谷
翻飛舞躍的
蝴蝶

4

雨是水
葉是顏料
是誰

這樣一潑
便色色著位
色色本色地
因紅見綠
因綠見紅
就這樣一潑
山山峰峰
都晾掛著
谷風時時湧動的
一匹一匹的花絹
在層雲峽的千柱上
等待陽光的降臨

5

讓我們　牽手　入山去　去
呼吸　秋色　去　體認
成熟的過程

6

溫泉　瀰漫的　雲煙裡
隱約是　冰肌的白
　　　　楓葉的紅

7

銀河
自攀天的峽岩

濺瀉
永久的
濺瀉
有聲若
無
聲 雄拔
猶是絲似的
陰柔
永久地
濺瀉
影紅
影綠
是水的生機
是水的一片歡喜

8

無形的
斧鑿
一揮
把橫展的巨岩
削得如此
線線垂直
面面平齊
自
層雲間
直落深澗底
我們只能仰望

我們只有驚呼

9

有一種金鋼花崗的柔軟
你們可曾見過？
羽衣
滑溜如膚的頁岩
如巨扇
霍然
扇開而
昇騰
當黃樹紅樹
黃葉紅葉
急急迴避

如中分的海浪
如匍匐在地的群臣

你可願意和我
一同
踏著天柱
一路
從天城岩
舞躍過去。

一九九一、十

東京速寫

1. 銀座雨中的傘族

「發光的不盡是金子！」
「發光的全是金子！」
「發光！」「金子！」
發光的雨！
金子的雨！

一河的黑傘頂，推推擁擁，
　密密麻麻，流過去
流入地下駅入口。
流出地下駅出口。
推推擁擁
一河的黑傘頂，無盡地流過去
發光的雨，隨著一河掃射的車
　燈舞動
金子的雨，因著一河掃射的車
　燈濺起
對面

另一河的黑傘頂，推推擁擁，
密密麻麻，流過來
流入另一個地下駅入口
流出另一個地下駅出口
推推擁擁
另一河的黑傘頂，無盡地流過來

2.百貨千貨萬萬貨的大世界

一間日本的百貨公司本身就是一個大世界
——一個大世界，或者應該說，一個大宇宙的縮影，起碼其孕構的目的，在求包孕全世界各行各業所有想像內的事物，百貨，千貨，萬貨，萬萬貨！日本人是生意的鬼才！任何艱辛困苦的生活情狀，所有擠壓房子裡有用無用的空間，百種，千種，萬種，萬萬種的生活需要，治奇難雜症那樣，提供一個比一個出奇的設計與發明，令人驚服！譬如池袋的西武吧，說是一個大宇宙，是說它當今天下所見的成品，彷佛全都囊括在屋頂下，密密麻麻地塞滿了十五層大樓，彷佛是流行衣物、食品、器皿……的大博物館，如此之大，要幾十天，幾十個月，幾十年，才可以認識這樣一個空間的每一個角落。怪怪，這不正是後現代的「超空間」嗎？由多國巨金全球經濟體系創造，一個磁場中心，吸收著全世界的融資，彷佛要告訴你，無缺失的幸福終於來到：擁抱閃爍的商品就是擁抱夢寐的天堂！

3.自然的故事

自然
從長長的睡眠
瞿然醒來
而驚覺
滿身爬著
鋼鐵的繩索
把她橫的直的
割切一身的傷痕
而下體
隱隱作痛的
竟是禁不住的

（她好羞慚啊！）
帶著淤血的排泄
而頭上
肩上
乳上
腰間
都架疊起
萬噸重的
圓睛突目的
三合土的巨獸
這只是一場夢吧
自然安慰著自己
這只是一場夢吧
但腹中的一陣抽痛

下體一河的血
半昏迷中
她第一次聽到的
竟是尖利裂耳的
初生者的叫聲
好陌生啊
好怖人啊
她凝神閉目
她禱告
那最好不是
她親生的骨肉

一九九一、十

4.新幹線上

新幹線依著計畫
一秒不差地超速飛馳
農夫們依著
稻綠
稻黃
去忙碌
去製造生活
和被生活製造
自由自在的
溪澗河流
突然被切斷、改道

說是爲了工業上的需要
斷而或續
續而復斷
斷而死亡
唯有醒睡有律的九山
仍舊我行我素
劈山建山
燒岩煮海
把誰都不放在眼內
而那些善於細心蟻築
善於穿山跨海
善於鑽海翻山的日本人
那些天不怕地不怕
曾經「神風」一時

曾經置大半個亞洲於血死的日本人
也不敢違背自然偉大的操作
去擋九山騰騰而行的流路
火山就是火山
醒睡有律
構解解構有度
所謂破天補天
只是強蠻傲慢編織的神話

一九九二、九、十九

遲夏的訪客

所有的柿子都已轉紅
楓葉仍然盛綠
早了些，季節還未圓熟
空氣彷彿這樣
向訪客訴說

何處可以尋見那些
使寂靜亮起的

或金或紅的葉子
和閃爍其中的もののあわれ呢?
水
隱約
自苔暗的深處
緩緩滴落
音樂似的
擴漩出去,輕輕的
觸著遠城與遠城間
織就的一個夢
可是爲了一首想望的歌?
破碎的聲音

在高風中凌散
數朵紫藤花
季節錯誤地
挑逗著
初秋的雨
在高山上盛放
紅柿綠楓
金稻藍嶺
不也夠色彩去譜一首歌嗎？
依著你胸中湧溢的
夢與愛……
空氣彷彿這樣

向訪客訴說

一九九二年九月末於日本

•もののあわれ的漢字是「物の哀」，但「物之哀」無法表示日文的意思，所以用原音。是對物變物化的深幽感受。

趙暴風精歌

春雨記事

一夜
春雨來
潤綠了乾黃的兩岸
行車閃過
隱隱乍見
點點紅中
點點紫

大鎮小鎮裡
是誰
怦然觸動
依著暗示
忙碌著
梳洗
凝粧
上翠樓
爲等待一種
新的生長
成熟
蛻變

大鎮小鎮裡

是誰
在洗車洗門洗窗之外
在洗床洗桌之外
在洗水退後滿室的泥漿之外
如此慢工細心地
洗洗抹抹那
心臟病突發死去了多時的
等待出發的老者的屍身？

一九九二、二、十八

孩子們的城市

1. 一根扁擔

一根扁擔
挑著兩桶星星
在黑夜裡
爲我照著回家的路
搖搖蕩蕩

不料
星星跳出桶外
變成滿田亂跳亂叫的牛蛙
吵死人了
我趕緊把它們捉回桶內
蓋起來
我寧願在夜裡靜靜的摸著路回去

一根扁擔
挑著兩桶星星
爲我照著回家的路
不料
右面一桶星星
跳出來

變成滿牆滿窗的霓虹燈
閃著令我頭暈眼花的顏色和光
一路爭吵到天邊
左面一桶星星
也跳出來
變成滿街滿巷滿屋的
幢幢疊疊的黑影
豹的黑影
虎的黑影
帶著眼罩的
亮著眼睛的
在那裡衝刺
在那裡咆哮
那麼多啊

那麼亂
教我如何把它們捉回桶內啊
教我如何把它們捉回桶內啊

2.箭和靶

我們小孩子
喜歡畫一個圓
做靶子
折些樹枝
做弓做箭
設法把它射中
射中就是中就是正
大家都這樣說

爸爸叔叔伯伯們
也喜歡畫一個圓
只是那個圓是看不見的
他們不折樹枝做弓做箭
卻把自己的身體
往那隱形的圓那裡衝
因爲射中就是中射中就是正
大家都這樣說

3.清清與純純的星期日

清清與純純
他們一大清早

把全城的車子
都調到城外
停泊在墳地上

清清與純純
他們一大清早
把大棵大棵的棕櫚
夾道的綠噴泉
種得滿街滿巷

清清與純純
他們一大清早
把全城的招牌拆下
然後掛上海棠花

淡紫淡紅入雲間
清清與純純
他們一大清早
高舉巨大的三稜鏡
把陽光折射
把灰色大樓
抹個紅橙黃綠藍靛紫
然後
把彩雲引進
繞著高樓
打幾個漂亮的領結
然後
給它們戴上

闊邊帽鴨舌帽

清清與純純
他們一大清早
喚來喜鵲
喚來水鳥
喚來獅虎熊豹
喚來龍馬牛羊
叫他們
靜待　指揮棒的揮動

清清與純純
他們一大清早
喇叭手拿著喇叭

鼓手拿著鼓
提琴手提著琴
鈸手張著鈸
叫他們
靜待　指揮棒的揮動

靜待
銅鑼一響

大人們從疲倦中躍起
大人們從酒醉中躍起
大人們從憔悴中躍起
大人們從網結中躍起
傾湧到大街上

去聽
孩子們的管弦樂
去聽
鳥獸們的和聲

在這
清清與純純的星期日

4.仙女的囑託

清清
你拿好這支仙棒
純純
你護好這面鏡子

然後
坐夢的飛毯
飛　飛　飛
飛到立法院
飛到行政院
飛到經濟部
飛到交通部
把仙棒一指
把鏡子一照
看看有多少鼻子長長
看看有多少耳朵長潤
看看大人們的靦腆
和長長的鼻子潤潤的耳朵
卡在出口的門框上

不得以出
不得以進

清清
純純
現在正是時候
告訴他們大人
你們的希望
仙女的囑託

天機與異客

流雲網石……
他與沖沖的
以高昂的聲調朗誦著……
流雲紋流
雲山
也如流水一樣
紋入
網狀的大漠裡

這些
和雲樹
和脈絡穿織的花
和漩出漩入的
山洞與
太湖石
都是你我尋索又尋索的
天機
我們可以枕臥
我們可以仰視
我們可以注聽
我們可以沈思……
剛剛在「任天堂」上面
打完一場激烈的波斯灣戰爭走出來

正在津津樂道的孩子們
聽見了這朗誦聲
完全不相信他們的耳朵
完全不知如何去解碼這語言
他們竊竊私議
然後笑一笑問道：
客的一身打扮和我們沒有兩樣
你從何處來的呢？
你在說什麼「天機」啊
一夜之間
「他」
所有的頭髮都翻了白
而成爲

第一個本鄉本土的異客

趁暴風稍歇

趁暴風稍歇，密箭的橫雨
彷佛在一聲悶雷的喝斥下
頓然停住，我急急
穿過空無一人的中山北路
我從來沒有見過如此奇特的
空無一人的中山北路
吶喊的隊伍，流血的衝突
現在彷佛都被颱風

暫時隔離在
南極北極。空無一人的大路上
霍霍拂響的是
殘破撕裂的布條
帶著半句抗議的宣告
和暴雨沖洗得無從辨認的血跡
掛在推倒的卡車和鐵馬上
在空架子的天橋旁
或隨著偶然突起的餘風
在雨中蛇行的街道上漫飛
如此平和地
若無其事地
趁暴風稍歇，我急急
穿過雨雲沈壓的街道

試著走回狹窄而安全的家
驚惶未消的房屋
猶在顫慄、窗子格格震裂
玻璃從高樓上墮下
在巷口驚心的濺響
在提醒小市民們
先前的狂暴
緩刑前
颱風破天炸地的凶猛
倒樹穿牆
彷彿要把一切地基連根拔起那樣
鞭打著城市
懲罰著城市
颱風回南撞北

擊東沈西
瘋狂從瘋人院全盤傾出
在失控的迷茫裡
全城陷入巨大的
風漩雨漩中
巨大的昏眩
隨著天旋天轉
隨著瓦飛石濺
器皿、文件、唾沫、漫罵
如盲目的流彈
在洶洶的議會中
四射……
走在搖晃的街道上
沈重的記憶

壓切著神經
跳躍的痛楚
在風濕的肌骨間
針刺似的盤纏
趁暴風稍歇
趁密箭的橫雨未發
我緊緊抓住這一刻的空隙
匆匆走向狹窄而安全的家

一九九一、夏

馳行

馳行

加州今年雨季遲來，在久旱之後，有一種奇異的生機在沈黑的雨中微顫。久久沒有寫詩的我，有些觸動，作了一點詩的沈思。

數日後，突然傳來我最敬愛的老師保羅·安格爾辭世的消息，心中瞿然一驚。由生機想及死，沒想到無意中觸及現實。保羅愛詩如命，弟子謹將此詩獻給他在天之靈。

1

遠水上
層雲環抱天圓
靜靜地
等待著一種發生
春天
在淡灰淡白的雪地上
如常地徘徊
黑色的枝椏
在無人注意的時候
顫著點點初綠
一隻早到的藍羽鳥
在枝頭上停了一瞬間

若有所思的一瞬間
便閃滅入高空
此時
門窗敞開的房子
一片靜穆
世界
只輕輕地
觸動一下
便像往常一樣
在陽光與黑暗之間
馳行
平穩地
平和地
彷彿一切未曾改變過

2

一切未曾改變過嗎？
其實
一切確曾
在你我不注意的時候
改變
彷彿永久不變地
改變
冰塊微裂微行
我們知道
河流的甦醒
河流的入睡
在你我

匆匆趕著世界前行的忙碌裡
骨節轉動微響
我們知道
氣脈的運行血液的流轉
不曾因入睡而靜止
我們知道
氣脈的運行血液的流轉
在甦醒後
將化作攀天的騰躍

3

在變與不變之間
若即若離地
生命永遠是

日減一日的死亡
死亡永遠是
日加一日的新生
我們永遠在邊緣上
追逐你的夢我的夢

4

至於衣服
我們確實知道
只是一種必將塵化的牽掛
至於肉體
我們確實知道
只是一種必將塵化的衣服
在入睡與甦醒之間

你我確實知道
有一種永久的運行
風霜不毀的運行
出山入水
出花入樹
或因魚而潛淵
或因鳥而躍日
生命啊
原是永不中止的運轉
像你我無法看盡的河流那樣
不斷的完成不斷的修改
向那沒有邊緣的大漠
世界
只輕輕地

觸動一下
像往常一樣
在陽光與黑暗之間
馳行

一九九一

全城都在默思

——紀念保羅・安格爾

兩隻麋鹿
像往常一樣
從屋後的樹林
典雅地
走下來
到廚房的窗口
用鼻子
輕輕地敲著

呼喚你
我隨即知道
我應該和他們談話
但我舌結語纏
找不到適當的話語
我必須向你
再學習新的語言
像過去向你
學習詩的語言那樣
坐在大廳的安樂椅上
看過盛放的木蓮
騰騰焉在
五月花宿舍之上
騰騰焉在

艾奧華的河灣之上
突然
全城都彷彿
跟著我
在這屋子裡
一同默思
一間無法量度的屋子
大門敞開
像花瓣
開向雲霄
開向
萬國語言覆合的演奏
巨大的旋律
起落有致地

依著千式舞蹈
萬種動姿
怦怦然
在地板上激盪
你坐著
如現在的我
當尋問你的麋鹿
陪著我
一同
看過那盛放的木蓮
浮動在
艾奧華的河灣上
當全城
都跟著我一起

懷你
思你
在無聲的黑夜裡

一九九一、春

註：
此詩的初稿是英文，在艾奧華大學舉辦的安格爾追悼會上朗讀。中文稿略有增減，但未改原意。

詩的聲音

詩的聲音

你聽到過靜止的聲音嗎？
好細微好細微的湧動
在寂然的藍天裡
在橫臥在天邊的雲層間
在遠處
鎮坐了萬萬年的山群
細微的活動
在海邊的沙丘上

在草葉的茁長中
在玉石日夕的消損
那看不見的和聽不見的
你我現在看見了聽見了
因著你我轉向一種內視一種內聽
有一種成長，非比尋常的成長
自音樂中昇起
那看不見的和聽不見的
我們確曾覺識到
萬物的流香
萬物流香起伏曲折的行程
假如現在你如我
閉上眼睛凝神注聽
當熟識的音響一一被摒退

在新得的寂靜中
你將第一次認識到寂靜本身的潮汐
認識到在中止裡有
新的開始、新的象、新的變化
寂靜本身的音響
寂靜本身的實體
由是，你開始聽見
你體內血的流動
你體內氣的運行
在絕靜裡
你將聽見遠方大雪降落的聲音
和陽光移動的聲音
和花開的聲音
彷佛一伸手

便可抓住春天那樣
我們不知不覺間
碰上綠芽成葉
碰上驟雨觸泥
一種甦醒
年月的甦醒
肌膚的甦醒
空山中
一個人在收採蘋草
鬧市中
一個人靠在路旁
看紅塵匆匆的追逐
心閑
如一片青天

迴響著鳥聲
印亮著夜月
而驚覺
生命其實從未沈默過
春的行跡
夏的行跡
秋的行跡
冬的行跡
都總是滿溢著
複音的交響
我們有意無意地
拒絕去聽
那從未間斷的演奏
風流

流風
自遠古
通過你我
湧向未來
也一樣
從未間斷
一棵樹
突然出現在思想的盡頭
在知覺的邊緣上
顫動
一支歌
從銅古的時間
滾滾而來
而我們

卻只能
在偶然
棄絕自己的間縫中
隱約聽見
在間縫之外
在間縫之間
來自何處發自何時啊
狂風暴起
撲撲焉
自無法量度的天際
奔來
萬馬
如同齊發的箭
隆隆雷動的

淵底的沈雲
淵底沈黑的雲
一掃如潑墨千軍的雲
洪峰奪頂的雲
壓著天地
淹没心的間縫
天抖
地裂
山崩
河散
魍魎幢幢的拍翼
穿梭著
駭然獨立的柱石
當沈沈的屍布爆開

一列列黑的火焰
滾過巨大的冰石
在濛濛的熱裡
在濛濛的冷裡
奔蹄
逐著
奔蹄
劍光
逐著
劍光
砰砰
砰砰的槍彈
從決堤的黃河
沸蓋沈黑的八方

一千乘
一萬乘
齒輪
刻切著大地，壓過
萬里霜白的枯骨
炙血的騰煙
一柱柱的香
升向震裂的天宇
滲入濛濛的熱裡
滲入濛濛的冷裡
滲入一片有的無裡
和凝結在其間的淒切
沈淵的雲潑瀉
驚發的沙卷旋

響澈心肺的黑
猛
猛然
把宮室車輛
把千萬獨立的高塔
和困頓在高塔上的孤獨
連同被擊傷的花朵
被丟棄的獸骨鳥羽
逼入混攪的氣流裡
逼入長長的
沒有間縫
沒有出口的行程
逼使我們
流浪在身體和感覺之外
流浪在

歌聲之外
好遙遠好遙遠
好細微好細微的歌聲啊
你可曾聽見
日日我們抓住一些墳起的
黑色的洪峰
去找一絲間縫
作傷折的望鄉
去找一絲間縫
來試聽
那來自銅古
據說是從未間斷的
一支歌
看見了嗎？

聽見了嗎？
就是這一絲間縫
就是這一瞬靜止
讓我們緊緊抓住
讓我們沈入
這難得的靜止中
在間縫的絕靜裡
我說過
你將聽見
遠方純白的大雪
柔柔降落的聲音
你將聽見
那還未來到
而正在來臨

陽光移動的聲音
你將聽見
冬眠了千年
而行將甦醒的
花開的聲音
微微的呼吸
踏著樹梢
來復地跳躍
一波波
一浪浪
玉樹的蕭蕭
由高速公路斷而續續而斷
輪轉的霍霍將之
提起、托住、轉送

聽：更大的劇場展開
更大的演奏開始
一些無法界分的聲音
是聲音嗎？不是聲音嗎？
混沌裡，一絲、一線、一點、一擊
是營營，是低微的顫動
金屬的、木料的、流質的
蝗蝗的彈響
卜卜的折裂，以及
滴滴滴滴
啊
空谷中
沙漠上
那裡來的如此熱切的泉湧？

在這個被擁佔的空寂裡
一個聲響繼起一個聲響
相爭要航渡入我們意識的界內
還是要引渡我們向
長久以來被宰制、被忽略的
另一些你我？
還是引我們向
現實的某種精華
原始世界物我的凝渾
神祕的冥合
自然的對話
在高度緊湊、興奮、狂喜
深深地感動的瞬間？
聲音、律動、樂句

複疊、逆轉、交錯、延長
遞增、變音……

在絕靜中
在一切感覺泯滅之際
在寂然凝慮裡
你和我
御馳著明亮的意象
從深沈的黑夜中
奮然飛升
依著若斷若續
若有若無
若即若離
若出若隱
如夢

如出神
如冥思中在意識邊緣游離的
音樂
奮然挺進
越過思想的門檻
進入空納萬境的眞無
而在斷層中迴蕩
經驗遊走太快太散
抓不住追不上
強烈奪目的意象
佔領著我們感覺的前線
何種魔力，如幻如眠
在意識邊緣上
音的回應

引帶著
記憶的回應
把我們依勢一擲
擲入天地間的氣脈
在醒與夢之間
我們情不自禁地顫動
我們情不自禁地呼吸

一九九一

陶之詩片斷

這一年間，忽然手癢弄起陶藝來，是玩票性質。由於另一種媒體的激發，難免心癢，隨手在上面題了一些詩的片斷。

1. 陶愛

冰清
玉細
的

肌膚
是
妳
是
冷中的溫暖
是
愛之
來自
凝之
來自冷
之來自
熱之
鍛煉前之
另一種冷

由熱情的雙手
自無形的
混沌的
塵土
撫
摩
出來

2.浪之船

因著你
以土地的溫炙
撫護著
身軀

因著你
以土地的耐心
承受著
種種激盪
與浸損
浪之船
充滿信心地
橫
越
太

空

萬萬里
萬萬年

3. 凹凸壺

一壺日變
一壺月變
一壺

人生

曲曲
折折
凹凹

凸凸
是
出奇
是
美

4.紫藤畫盤

濃濃的
是
灑落的
春
色

5.欲飛不能

飛不起的飛
是
你我
在鎮守
與不鎮守之間的
慾望
也即是
幾經燒烤後
無可奈何地
掛在牆壁上
那隻似鳥非鳥

欲飛不能的
弓張弦緊的
陶片

6. 瓦枕

不要輕看這小小的枕頭，
多少浪濤多少春的騰躍帶
動多少秋傷多少雲飛雨瀉
摧起夏炙與冬亡……

一九九一

孕成

上篇

在狂喜過後
在歡樂製造者
沈入無覺無礙的睡眠的同時
生命的戰爭便開始
我們被猛然噴射的

白色的洪流
沖離了溫暖和諧的原鄉
依著熟識的乳液
盲目地尋索
我們的方向
在濃濃的沈黑裡
我們盲目地摸索
我們奮力
在一個未知的海岸上
我們奮力
逆流而上
向那未知的方向——
彷佛已知的方向
像地殼下

在黑暗的岩層間
在黑暗泥土的夾縫間
在不見天日的沙石間
沁沁然的一些水
那樣自動被動地
流行
盲目地尋找一個歸宿
找一條溪而失路
找一條河而受阻
乾死在地球的中央
蒸發在岩池裡
消失在沙漠中
盲目地尋找一個歸宿
找一條溪

找一條河
或澎澎然
進入落谷千仞的瀑布
而歸向湖
歸向海

像一些脫韁的語字
有意義無意義地
匯合又分開
或因撞擊而意外死亡
或因新的結合而離異
顫抖
漂盪
流離失跡

死亡
當幸存的語字
奮力前進
乘風
破雨
穿雲
撥霧
在黑暗中
找一個片語
參加一隊剛成形的句子
尋索一個氣勢
尋索一首詩
我們

在沖離了溫暖和諧的原鄉後
依著熟識的乳液
奮力游泳
在茫茫未知的海洋上
我們隱約聽見
同行者沒頂前最後的呼喊
我們隱約聽見
爭渡中的激戰
爭渡中的自相殘殺
爲了生命
在茫茫遠方的召喚
向那未知的方向——
彷彿已知的方向
爲了生命的孕成

爲了一首詩的孕成
我們奮力游泳
在那佈滿危機與生機的黑暗中
我們奮力爭戰
在歡樂製造者
沈入無覺無礙的睡眠的同時
在狂喜過後

下篇

不必問我
如何知道他的到臨
如何知道
怎樣去承受

他的相授
和收受後的諸種蛻變
和蛻變的諸種流程
諸種序次
雖然我只有
十八個小時的機緣
去爭取我生存的延續
雖然我知道
一旦失去了收受的機會
我便將沉入
一去不回的永劫
雖然我只有十八個小時的機緣
但我確然知道
我有一種智慧

千年萬年神祕的記憶
潛藏在我的本能裡
我就知道他的即將來到
自從我依次誕生
來到這融融流質的世界
我便一直等待著
等待著
他奮力
逆流游來
那怕是魚雷
那怕是暗箭
我就知道他將逢凶化吉
穿越狹道
飛越險潮

騰騰躍躍而來
我是如此確定他的到臨
彷彿一切將來共同攜手的流程
都早已默印在
我最深的知覺裡
我知道
而又彷彿不知道
不知道
而又彷彿知道
但我是如此確定他的來到
我拒絕了
一些早到的訪客
本能告訴我
選擇是我的權利

尤其是當我確知
他的到來
確知
結合後七日
成熟的共同生長
確知
我們的異質
將合拍無間地
漫向四十個星期的蜕變
不必問我
我如何知道……
看
當他者氣盡氣絕身亡
隨浪潮而流失

當他者在自相殘殺中
一一滅盡
看
他已騎浪劈風而來
沒有一絲倦容
步調沒有放慢
騰騰然
霍霍然
而降臨
一切都準備好了嗎？
和暖的內堂
溫柔的臂彎
等待著他
陽剛的激盪

等待著我
陰柔的撫觸
等待著
神祕的
狂喜的
二體的溶合
啊！
好一個生命的開始！

一九九二、夏

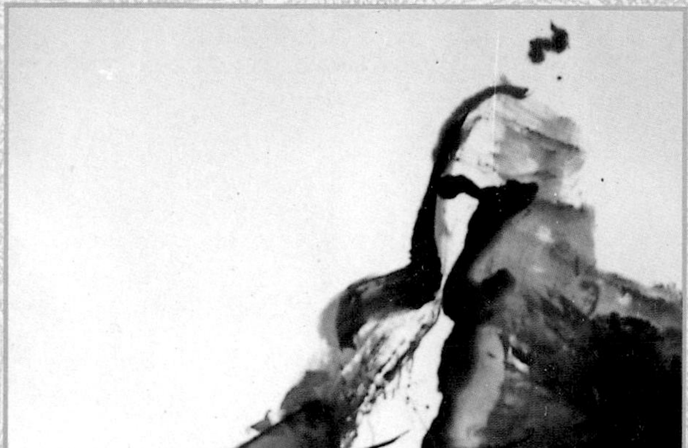

故園餘稿

北京的晚虹

從樸拙簡陋的兒童戲院
看完了殺伐騰騰的「少林寺」
走出來的時候
已經是入晚八點鐘了
發現剛剛下過一場大雨
濕漉漉的街上
好一陣涼爽
乾熱、焦燥、沈悶、怨氣、殺氣

都彷彿一掃而清
在這七月的夜裡
事實上涼得有點兒悄寒
我們由自行車道
走入幹道的東長安大街
猛一回頭
竟是一條朦朧美的彩虹
完整不斷的弓橋
跨踏著寬如河道大街的兩岸
而那時
突然從虹弧的中央
那東長安大街看不見的盡頭
兩排初上的街燈
齊步合拍地

一下子
歌聲似的一路亮過來
正好把飯後
無所事事地踱著步的市民
一一點在畫圖裡

淮海路 三首

第一首

法國梧桐濃翠的大葉
環抱著
扶持著
淮海路的法國建築
哄出了一片活潑的生機

急急流動的上海
在習慣裡
忘記了
那不規則地
積棄在樓梯間
積棄在暗沈的走廊上
積棄在臨時搭建
(臨時了二十年了?
三十年了?)的牆脚下
待發芽的思想

第二首

沿著清晨的淮海路
一列列的老人老婦
用太極拳把過去推出去
用氣把將來運入血液裡
來保持一分平淡
在剩餘的年月裡
希望原是
無色無味
無形無嗅的
這，他們知道

什麼曳動一星河的燦爛
什麼撒開一萬里的陽光
都是很遙遠的事了

在雨花裡
就看看碎瓦上
爆出一丁點的如茵的綠草吧
這，也就夠他們笑逐顏開了

第二首

看不見的歷史的波濤
在穩坐如山的西方建築叢中
一浪一浪的濺射過來

許多塞滿了記憶的頭
被浪花沖洗又沖洗
春分以後吧
也許皮囊可以炸破
這樣也許可以裸露
些許
透明的靈魂？

朱雀橋邊

三合土和瀝青路面的朱雀橋邊
那唐朝詩人看到的野草花
和我看見的可是一樣的嗎？
巷口的烏衣唐朝已經不見了
夕陽倒是忠貞得很
居然等到我來了
燕子想也還有一些
百姓的苦、百姓的樂

說是一般的尋常
你走下去問問
十年離怨，十年神經的錯亂
二十年是非的爭奪流血
你還好意思像唐人那樣
憑弔那權貴的王謝嗎？
既然來了，拍一張照吧
爲了留念？
還是
爲了滿足你我懷古的奢侈？
夕陽歪著臉在笑
我匆匆上車
隱入
南京市中心

由綠葉織成
綿密得像夢一樣的隧道

江南水鄉

薄荷酒的綠
檸檬的黃
鬆鬆的浮在上面
元麥：
一大塊一大塊
切好的蛋糕
安靜的躺著
由蘇州的虎丘

到無錫的太湖
絲帶的運河
逶迤地
繞著繞著
正午日頭下
黃雲微顫的穗束
幾個看牛童和幾條小狗
是累了吧
在大蛋糕的旁邊睡著了
一些水壺那樣不經意地
散在阡陌上
小聲些
不要把他們吵醒
一條小烏篷船輕輕在水上滑過

西湖夜曲　二首

其一

全城空寂
最後的旅客
隨著疏落的輪響
沈入各自的夜裡。
一輛一輛的自行車

安詳地倚在門邊。
沒有夜鶯啼叫。
只有柳樹忠心耿耿地
排立在堤畔
細心地梳溜著夜風
怕它時猛時暴啊
梳溜著夜風
好讓西子姑娘
能夠不動紗帳一絲
呼吸均勻地安睡
好讓星兒
因著均勻的律動
進入西子姑娘的夢裡

其二

借問西子姑娘今夜夢的是什麼？
錢塘江隱隱十萬強弩的浪潮？
還是春天裡樂天先生
走在綠楊蔭裡的白沙堤上
在迷人眼的亂花中
聽早鶯爭暖樹
在略沒馬蹄的淺草上
看孤山寺北低飛水面的微雲？
還是那文采風流的蘇居士
築堤插柳的盛事：
把葑泥化作鎖瀾映波的虹橋

然後把他全部的愛傾給妳
好癡情啊，他說妳
淡妝濃抹總相宜
就一句話
便把數百年遠近的愛美者
都引到妳的裙腳下
西子姑娘啊
妳的夢裡
迴響著多少他們溫婉的詩句？
還是
龍井泉畔
採茶女用嬌滴滴的笑聲
和柳浪裡黃鶯的競賽
被

靈隱寺外、岳王廟內
突發的狂暴
打住了
飛來峰的石雕
岳王廟的聖像
一一被炸破
橫飛的碎片
可有割傷妳的面龐妳的胸脯?
西子姑娘啊
在明月沙堤千里白的夜裡
在妳呼吸均勻的睡眠中
裹著妳的夢的是什麼?

紹興東湖

在一展蔚藍的絹布上
若出於淡素的煙水
昂昂然
騰浮在天邊的
是誰把墨汁
揮入太玄裡？
遒勁的大斧皴
刷、點、拖、破

一筆一筆
三千年氣脈不斷
半空直落東湖上
焦墨、宿墨、退墨、埃墨
疏豁虛明
乍徐還疾
運腕何止千斤！
濃淡纚細
凹凸深淺
所刻何止萬鋒！
及至矗壁狹道
蜿轉烏篷
入洞天
瞬息隔絕又何止百世！

運河外
什麼風雨雷電
什麼歷史剖腹的翻騰
什麼沖滅村莊
淹蓋呼喊的猛烈的洪峰
這時都被
三千年鐵臂的揮舂
一一鎭住

·東湖，在紹興城東七里，公路水路均可達，水路景色尤其絕麗。東湖原是一座青石山，從漢代起，便成爲石料場，及隋楊素擴建紹興城，發動民工作大規模開採，千百年來，搭架鑿切，經年累月，成了千奇百怪的峭壁和深邃莫名的水塘，後築堤數百尺爲界，堤外是河，堤內爲湖，是爲東湖。

灞橋情怯

這確是不尋常的情感
當車子出了西安
在毫無準備的情況下
看到了灞橋的牌子
我這個南方的來客
竟然近鄉情怯
千百行熟識的
折柳送別的詩句

突然從記憶的深處泉湧而出
眼前歷歷彷彿是
長亭更短亭
盡是唐宋詩人的勸醉與離人淚
灞水灞橋
我今天可以親睹離情勝景？
在一列列殘破不堪的古舊的小店之後
是逗人歡喜的兩排垂柳
長長的夾著百轉千曲的窄馬路
我該期望亭子呢還是不該？
楊柳含煙灞岸春
我該不該期望煙霧
來完成古代詩人的意境？
煙確是來了

是夾著塵埃的發電工廠的黑煙
柳絮拂衣我該如何語？
站在鋼筋水泥的灞橋上
看乾涸的河床上
遠遠的幾個人影
在挖掘，挖掘的
可是唐宋積澱下來的沙土？

拉車的女子

她用力踩踏著的
是她祖父的脚印
她弓張著身子向前拉的
是她祖父弓張著身子向前拉著的
一車子重重的黃瓜
和瓜上熟睡著的嬰兒
像她幼年睡在祖父的車子上一樣
向著鄰鎮的市集趕路

同樣的汗滴
同樣的帶子割入她的肩膀
在七月火辣辣的太陽下
在七月乾涸涸的黃土丘陵旁

西蘭公路

（絲綢之路首段）

也許是楊槐樹的葉子
把太陽閃爍得令人眩目
也許是正午的蟬鳴
把陽光顫成割人肌膚的銅片
八百里秦川
頓然如
鑼聲蒙在鼓皮裡
在一片精神虛脫的寂靜下

幾個穿著藍色或紅色粗布背心的農夫
在玉米田防風林蔭下打盹
那些通輸水漕的人
停下來
倚著工具
一如乾陵上的石人那樣
倚劍呆立著
小毛驟趁趕路的人在歇脚
也在絲綢之路的水溝裡臥下
如果此時你還醒著
如
我
問：此地風光何處勝？
就隨著我的手指看去吧
一片高、一片低，寂寂無言的

層層向山上升高的玉米的綠葉
和茄子矮叢的後面
好一片梵谷的金黃
麥稈堆如桂林跌宕的山頭
錯著了秋天的色澤
靜靜的散落在曬穀場上
一隻遲來的燕子
含著一根麥稈
飛向迷濛的山樹間
很快便溶入了氤氳綠靄中
色塊參差褐土的農舍裡
就在這略帶乾黃的色塊裡
一絲過早的炊煙的裊動
一下子

把農村再活動起來
水漕的水淙淙流動
打盹的人
醒了
小騾子在主人的鞭打下
拖動著米糧雜物
沓沓的把絲綢之路
走出一些古代的樣子

窰洞居

他們在泥土裡誕生
在泥土裡成長
在泥土裡生活
在泥土裡做愛
在泥土裡睡
在泥土裡死
天開日出
土開作活

天合日入
土合人歸
看墳起的屋頂
丘陵起伏地
氣通天地
而受命於天地
峽谷外的天律
雲嶺外的人寰
如何知道？知道又如何？
不知道又如何？
屈子鬱鬱而作飛天遊
漢姆萊特爲生死作哲理的徬徨
都是一般的遙不可及
年年天開地合

日日生老病死
在時間的夾縫中
眞正的生活
是不容間斷的勞形

登慈恩寺大雁塔

（六五二年建）

像玄奘
每爬升一級
便想著一句西來意
如何可以譯作
唐人可以接受的唐人語
我如今
每爬一級
也想著一句南來或西來的意念

如何可以化入
他們和我共有的血液裡
在高風長河似的通暢的塔頂上
玄奘
在北涇渭南翠華東藍田西馬嵬的方圓裡
想的是
佛經裡一些怎樣的章節
去普渡梨園教坊的衆生
去感化那夜夜高燈的長樂與未央？
倚立在東西南北的拱門窗
打開胸膛承受著關外的高風
我腦子裡
是歷史反覆不斷的翻動
太快了？太急了？太慢了？也許是

忘記了帶老花眼鏡
我找不到可以對證的冊頁
擡頭只見一片蒼茫的夜色
如果此時是
長安一片月
一片暖暖溫柔的月
該有多好啊
蒼茫裡
只見幾線丘陵的起伏
如古代的袍袖
把頓覺涼冷的我抱住

我們不會輕易哭泣

一句話焚寄六四北京的死難

一直要等到中國
把花鳥衆生
那無分東南西北疆界的騰躍和
依著春陽的蔓長
突破冬的沈黑
貫流入你我柔弱的生命……
一直要等到中國

把裂雲而來
那暴戾無常
劈黃土、奪路四殺
潰決一千五百九十次的
怒龍之河
鎮住
還濁於清
變洪峰爲安瀾……

我們才披麻戴孝
莊嚴地、凝重地
爲這些
在曙曉未破之前
還來不及叫痛

還來不及哭泣
便被血肉相連的父親和兄長
盲目掃射啊這些恐怖而又偉大的死亡

哭祭

因爲
這個死亡之後
再沒有別的死亡

一直要等到中國……

附錄

葉維廉訪問記

訪問者・康士林

康士林（以下簡稱康）：今天很高興有這個機會與您見面，我有一些問題想請教。您對於生存在今日世界裡，做爲一個詩人的看法如何？

葉維廉（以下簡稱葉）：「今日世界」好像有點兒把問題限制在特定的時空裡面來講。我想我們應以歷史長遠的角度來看現代中國作家和現代外國作家不一樣的地方；從一開始，五四運動以來，作家都帶有文化的使命。西方列強的船堅砲利，以一種史無前例的物質和意識型態的侵略，把中國趕到希望的絕境，由於這種外來的壓力，使得作家有種文化即將被毀滅的憂患意識，是這種憂患意識，使得魯迅等人以及現代作家都有一種使命感。我在別的地方說過，為抗拒人性的殖民，他們毫無選擇地必然是帶批判性的。他們關心如何保護中國文化，憂心文化被扭曲污染，或是社會意識被削弱，他們表面上彷彿寫的是個人的感受，其實，他們寫的也是全民族的情感。以穆旦的一首詩〈我〉為例：

從子宮割裂，失去了溫暖，
是殘缺的部分渴望著救援，
永遠是自己，鎖在荒野裡。

從靜止的夢離開了群體，
痛感到時流後有什麼抓住
不斷的回憶帶不回自己。

遇見部分時在一起哭喊，
是初戀的狂喜，想衝出樊籬

伸出雙手來抱住自己。

幻化的形象，是更深的絕望，

永遠是自己，鎖在荒野裡，

仇恨著母親給分出了夢境。

這首詩有人也許會用精神分析的眼光來看，認爲寫的是人格分裂。但事實上，個人與民族在此是不分的。這裡寫的也是外來霸權所引發起的中國文化的分裂，既是個人的也是民族的「既愛猶恨說恨還愛」的情結。五四運動以來，作家自然地背負這個使命，在創作上，自然地對文化的危機作出一定的反應。其實在中國傳統裡，文學一直是對現有權力的一種抗衡。我在一篇題爲〈意義組構與權力架構〉的文章裡提到，道家了解語言可以成爲一種暴力行爲，很早就對語言有所反思和批判，而開出後來由語言的調整到產生一整套語言表達的符號，尤其是詩方面，儘量保留那些被壓抑下去的，更豐富的經驗。中國詩一直是對權力架構的一種抗衡，把詩看成一種風化的主力，請參看該文。《典論．論文》裡說，文章乃經國之大事，可見文學所負的重任。

現在回到「今日世界」這層面來，臺灣在長期西方文化工業（物化、商品化、工具化、劃一化）思想的影響下，消費社會高度的發展，純文學已不易存在。臺灣兩大報的副刊已非常明顯的商品化，他們拒絕嚴肅的文章與嚴肅的詩（說詩是票房毒藥），誠如瘂弦所說，臺灣文壇盡是「甜甜的語言，淡淡的哀愁，淺淺的哲學，帥帥的作品」，是屬於娛樂性的商品化文學。在這種情況下你問詩人能做些什麼，實在是發人深思的。這個看來屬於「非詩」的時代裡，其實也有另外一些詩的出現，如不久前《中時》有一首得獎的詩，如實地寫人的動物化，物質化。評審人說這首詩令人有不快之感，但這不快正是目前社會的事實，這也是含有社會批判的詩，使人閱讀後必須做一些思考。另外有幾位年輕詩人在寫電腦時代的所謂後現代情境，包括主體崩離，意符享樂主義等，也是一條路子。但其對中國文化有什麼尋根的反思，我們目前看不出顯著的運作，我們也許要耐心等待和觀察。

寫詩是一個長久的計畫，我希望在詩中把那些被壓抑的，被割捨掉的，被工業物質化埋沒的靈性經驗解放出來。假使有一天文學書全都被燒掉了，我們將會有多大的損失啊！文學中的詩並非爲了牽就這個物質世界，它必須帶有批判，對於僵化的人際關係的批判，至於採取何種方式，全在於詩人們微妙的處理。所謂的批判並不一定要在字裡行間，它可以潛藏在詩中對僵化的人際關係作暗示性的抗衡。若是詩裡只是表面享樂式意符的遊戲而不帶意識，就不能算是好的文學作品了，這點在中國傳統中是非常強烈的，但在西方社會裡，社會使命和批判精神都慢慢地被文化工業所消融化滅。

康：當我問及您對現今詩人所扮演的角色的看法時，您立刻討論到中國詩的角色，您是否會將自己身爲詩人與中國人的角色合一？

葉：在您問我對詩人的看法時，很自然的我會提及中國詩人的使命，因爲我是以中文寫詩，而讀者亦大多是中國人。顯然的你的問題是從較廣的角度出發，即指工業化後的現代世界。這裡，讓我舉波特萊爾的一首散文詩爲例，它描述有一天詩人在一個低級的酒吧出現，別人就問他：「你怎麼會到這裡來呢？你是詩人，你不該來這裡，你頭上的『光環』呢？」他說：「我的『光環』早就丟到水溝裡找不到了」。這首詩的涵意是，在西方，過去的詩人在社會裡有一定角色，詩人負責論述或呈現人和宇宙的關係，但在科學發展到工業後期，講宇宙根本不是他的工作，而被天文學家所取代了。過去詩人除了描述人與宇宙的關係外，他還負責傳達某種道德訊息，然而科學發展以後，他已沒什麼角色可扮演，靈氣已在物質化的過程中消隱了。「現代主義」可說是對此趨勢的一種抗衡，希望重建失去的人性，由這個角度看，中國詩人與現代主義所面臨的問題有若干相同點，他們都不願人被物質化，不願「惟用是圖」壓倒了人性價值，廣義的說，不願精神層面的喪失。我在昨天的演講裡（按：即〈殖民主義與文化工業〉）提到，人慢慢被周圍商品所改變了，商品往往成爲價值的代表，而弱化了人作爲自然體的潛在生命價值。我那篇演講所說的，不是我現在三言兩語可以概括的，現在只舉出一點，比如說，你穿的名牌，你坐的車子，彷彿代表某種價值階級，這現象在近五、六年來愈來愈嚴重，年輕的一輩的文化是空白的，民族意識是淡薄的。今天你問的問題可以演繹爲：在今天社會裡詩人所扮演的角色是什麼？格里．史耐德曾說：「詩是生存的一種技術」。他認爲工業社會發展到一個階段，人對「自然本身作爲一有機體」已完全忽略。有一天史耐德與朋友站在一高山上看到到處都是山，他說：「在議會裡，這些山，這些樹可有代言人!?」。他認爲草木、自然是整個生命活動的基本，若將草木除去，所有的生命也就不存在。即動物不能生存：人不能活。明乎此，人就應該調整人與自然的關係，人不能隨心所欲，一心只想利用自然，剝削自然。這也就是爲什麼史耐德對印第安詩歌，對中國的詩和哲學有這麼大的興趣。中國道家的思想與印第安人在某些層次上有相合的地方，基本上很重要的相同點在於對自然事物有相當的崇敬，因他們了解到人的生命是依靠著自然。詩人應該做的是提醒世人了解人與自然的這種關係，了解到人只是整個宇宙運作的一部分，沒有理由揮霍無度地把自然劫據蹂躪，人與自然之間應有某種程度的平衡。

康：你談到魯迅，格里·史耐德寫詩皆是對外在世界的一種抗衡，你認爲詩人是否在內心世界中也有某種掙扎？

葉：詩人們一度有個神話，認爲有一種純然的東西在心中。我想人生下來，確有一種本能，如對音樂、舞蹈，本能的反應，但由於我們接觸現有僵化的文化，使我們將本能壓抑，詩和其他的藝術可以喚起那被壓抑下去的本能，但並非這樣單純。現在我們所謂裡面的「我」，是受到社會某種的約制的，是內心和現有文化不斷衝突下的一種張力，一種對話所構成的東西。詩不能完全是以自我爲中心。所有文學都是一種語言，語言本身就是一種傳達，而傳達就必須牽涉到兩個以上的人，必然就是社會性的，其中必定產生對話，所以純粹內在的東西是沒有的。這牽涉到究竟有沒有「內在性」這個問題，我想從宗教的立場自然是很希望追求到。至於寫詩的人，包括早期的我，也覺得有這麼一個東西，比如道家所說的「道」，儒家所說的「良知」，一些不須說明的，原本就有的東西，然而在長期文化的變動中它已受染，我們一旦拿起筆，沒有辦法可以乾淨俐落地不受文化的影響，它總是依存在文化種種架構上，所以我認爲內在、外在應是互相對話的。

康：談到詩的使命，什麼是你的詩所負有的使命？

葉：以前人家問我爲什麼我後期的詩比較短，前期詩似乎比較龐大，好像有一種宇宙觀在裡面運作。我開了一個玩笑：「我自從得了胃病後就感覺不能再寫大的詩了。」因爲胃病的來源是一種鬱結，它是文化的鬱結，爲了中國文化而憂慮。尤其在我當時寫詩的時候，即一九四九年中共得勢後，所做出的種種對作家的迫害和文化的破壞，不知道中國將演變成怎樣，文化似乎被放逐在外，又感受到西方來的衝擊，越演越烈，而當時沒有，也不容易抓住中國文化新環境的可能，因此我對整個文化有非常沈重的憂慮，直到現在我仍有這種感覺。在我到美國之後，覺得中國傳統中美學風範及其根本的意涵都在西方翻譯中給歪曲了，所以想通過比較文學，比較文化提供一些根源上的認識，看中國文化如何與西方文化不同，我整個使命就在這方面上努力。我的詩與理論基本上是沒有衝突的，但在表達層次上是有不同的。一個是訴諸理性的處理；一個是訴諸感性和自發性。我早期的詩傾向於自發性，有的時候有非常驚人的意象，我被它們抓住非常興奮而不完全去剖解它們。後期經過文學研究的訓練，就開始有琢磨考慮的痕跡。我沒有把自己看成是一個詩人，我把自己視爲一個關心中國文化的人，詩作爲一種表達方式與理論文字的表達方式，層次很不同，但所針對的事情是相同的。

康：在我印象中，你和許多中國詩人一樣，背負了中國文化，你如何能承受如此負擔？

葉：這個問題不容易回答，它觸及了我們對文化的感情。就我而言，自小家中貧窮，在中共占據我家鄉之前受過日本的殘暴行爲，成長的階段每天都是處於饑餓的狀態，後來有機會到了香港，生活也相當困難。父母希望我唸完書，找一分工作安定下來，不必擔心饑餓的問題，而我居然走上文學這條路，我的一篇散文〈母親，你是中國最根深的力量〉裡提到我當時的心路歷程。我母親希望我做一位醫生，可是我沒有，我却選擇了文學，當時我無法解釋，如果當時我已經具有今日的經歷，我也許會用魯迅的話來說明：

「我們需要醫的不是身體，而是精神，是心」。我冥冥中有這種感覺，有一種力量推動我去做，雖然很多人放棄了，可是我始終沒有。我想這還是因爲我對中國傳統文化有著深厚的感情的關係，我不願失去它，雖然現在看來已經疲乏衰退，但我始終相信可以把它恢復起來，相信它可以替現代人解困，這信念我一直都有，這也是爲什麼我花這麼多時間把中國傳統中的哲學重新提出，讓大家知道這裡面的眞實力量。我花了很多時間寫道家的思想，因爲我覺得它對西方所面臨的問題有解困的作用。這並不只是我一個人的想法，事實上，當時我做的時候並沒有考慮到有什麼影響，但是有些詩人根據我討論的語言，對西方整個語言表達做了某些反省。我在很多文章上都表示過西方有些問題只要通過中國的思想就能夠得到解決，說了這麼多我講的不光是我的詩而是整個文化。

康：很顯然的中國思想對你的詩影響很大，是否有任何西方思想影響你認知中國傳統價值？

葉：我必須承認，有很多東西不是一下子就能從中國傳統中看到。我早期受五四的傳統影響很大，比如說卞之琳和王辛笛，他們經過早期二〇年代對西方的文學模仿階段後，覺得這種爲西方現代詩人所拒絕，敍述性很強的東西和中國傳統詩格格不入，在與西方文化接觸後，給予他們一種新的反省，我從他們那裡得到一定的啓示。早期影響我很大的是象徵詩，我在那裡發現濃縮、含蓄與多層意義的運作。它與我喜愛中國傳統有一些關係；它之所以吸引我是因爲我面臨著表達的需要。一方面我喜歡中國那種很豐富很含蓄，不依賴陳述，由意象構成多層次意味氣氛的短詩；另一方面我面臨現代社會急遽龐大的變動。我覺得西方有一些詩提供了交響樂的架構。我早期的詩〈賦格〉就是交響樂式的架構，其中意象與意象的相互作用是非常中國的，這首詩有些難懂的地方，但一旦了解到這個結構和這個結構所提供的意象互動的活動，這首詩便不難解，而其間的文化憂結也會躍然於紙。無可否認，艾略特（Eliot）等人對我有某種影響，但並不是因我看到了這東西而去做它，只因爲這東西提供了我表達所需的策略。

康：做爲一位文學教授，你必須非常熟悉當代的文學批評，而那是否影響你在詩方面的創作？或者兩者是不相干的？

葉：我儘量使二者分開不受影響，但事實上却是無法避免的，不過影響有時是很微妙的。一首好詩不見得影響你寫詩，一個和你完全無關的東西，如礦物，其中的意象或一句話，你皆可從中轉化出詩。對詩人來說，看其它詩所得到的當然比批評多，有時它提供了一種境界和這境界營造的戲劇化的氣氛，給予你寫詩的靈感，但這並不表示批評本身不會提供詩人創作靈感。譬如說：你看人家描寫獨白如何，能引發各種不同層次的聲音效果，並可以利用聲音代替意象，而且更能掌握聲調等等，都可以給詩人激發。有些人研究我的詩，先看我的理論再回頭看我的詩，其實有時並不一定能配合，因爲我是在寫詩以後才整理出一套理論，而它針對的問題並不一定是我的詩。詩這東西有一種很奇妙的辯證，例如：我討論中國詩的時候特別提出非演繹性表達，很多人便認爲葉維廉的詩必定也是如此，然而過程並非一定這樣，有時我也刻意去使用演繹性，希望能超越限制而達到非演繹性所導致的境界。

康：今日西方世界作家在政治上有某些影響，你認爲中國作家或詩人是否在政治方面扮演重要的角色？

葉：在中國大陸一直有這麼一個傳統，一般作家都有參與政治的意識，但表達的方式却是多重的。我自己傾向於更廣義的政治參與，即透過詩文提供一種理想，暗示一種生活方式、宇宙觀。臺灣作家在這政治參與上過去比較弱。但政治干預文學表現有時是很壞的，譬如在大陸寫什麼黨都要干預，因此在一九四九年到一九七九年之間產生許多單一相同的文學。臺灣作家並非沒有表現他們對政治的理想，尤其在冷戰的時期，作家在一種打著「自由中國」的信號之下所受的鎮壓，有一種獨特的表現。當時政府的政策，大略是如此：只要不直接批評政府，作家什麼題材都可以寫，這鼓勵了作家詩人們採取了間接的方式批評政府，利用意象的多義性和象徵來暗示當時的絕望感和對鎮壓的反抗。作家參與政治有許多不同方式，有一種參與，如二〇、三〇年代的革命文學的論調，強調革命，改造第一，語言第二；行動第一，美則可有可無。魯迅的批評最中時弊，他說：「所有文學都是宣傳，但並非所有宣傳都是文學。」也就是說文學必須有其成爲文學的條件。對於鄉土文學，我曾有本源鄉土文學和領養鄉土文學之分。如作家自小在鄉下或小鎮長大，他作品中呈現的一種生活境界和生活運作，很自然的對城市文化作了暗示性的批判。另外一種是領養的鄉土文學，作家本身不是眞的對鄉土有所了解，只有利用鄉土作爲一種理想對現行政治批判，往往其政治意味濃於文學意味，是政治參與多於文學創造。有人認爲現代主義逃避現實，其實那只是片面的了解，事實上現代主義者面臨了文化瀕臨分解的壓力和政治的鎭壓，提出了它抗拒的另一種方式，把被壓抑下去的人性透過美的創造將之解放，這也是一種現代批判的參與。沒有文學是純文學。

康：臺灣文學、大陸文學以及香港文學似乎將做更廣泛的交流，你認爲這將導致什麼現象？

葉：很早以前我寫過一篇文章，很短但其涵意爲「大陸與臺灣在互動中可以有些調整」，簡單而言，六、七〇年代臺灣的作品，在美學策略上曾有詭奇的試探，而大陸的文學在這方面很弱，但對草根文化的探索，即大眾生活的運作有較深入了解，二者應該互動互補。在大陸文化大革命後的詩出現了與臺灣現代主義很接近的詩，寫受傷殘靈魂的探索（詳見我那篇〈危機文學的理路〉一文），但是最大的不同，在一九四九年後群眾與作家很接近，因此在語言的調整上，一直以讀者爲主。臺灣老一輩的詩人，他們寫作時的場合，假想中的讀者包括大陸與他同一輩的人，由於這些讀者不在臺灣，他們有時好像對著一個空的東西述說，接觸層面受到一些限制。現代文學與鄉土文學的論爭，其實也是蠻健康的。這不是誰打倒誰的問題。現代主義過度把語言理想化。鄉土文學又把鄉土過度理想化，這都是不好的，兩者應該互動互補。由此看與大陸文學接觸，從長遠看應該是蠻健康的。

康：您可否告知我們最近作品？

葉：我最近一本詩集是《留不住的航渡》，大部分是在香港時期寫的，這本詩集比較注重詩人本身的聲音，透過較抒情的方式，同時也不放棄過去意象性比較強的聲音，利用音樂節奏傳達，很好懂。最近有很多更重大的文化問題纏著我的思想，因此做了很多文化批判的文字，有許多可以入詩的題材卻發揮到我的散文上去。我的散文是非常抒情的，在現代社會裡，散文比較易於接近讀者，然而在散文的空間內可以寫詩和論美，讀者透過我的散文無形中可以感到我的詩和美學的運作，因此我的散文在某種意義下也是我詩的延續。例如我寫了一篇紀念西班牙詩人浩海歸岸的散文，其中就有詩的理想的討論和表達的運作。在我的歐洲遊記中，譬如法國郊區的描述，我利用了印象派畫家的手法；又譬如倫敦，把我文學知識也放了進去，把渥茲華斯及其他詩人對倫敦的感受放進去，融入我的感受中。

康：是否有某種詩的題材，您一直想寫卻苦於不知如何表達？

葉：是否準備好要寫作有許多因素。詩是內存的東西。我最近出版了一本兒童詩，我寫得很快，因爲覺得我欠了兒童很多東西，一星期內就寫了二十幾首，其中所表達的皆是簡單的技巧。另外有種很重要的感受我未曾表達，那便是有關「死亡」，因過去我寫了不少鬱結的東西，現在不太希望再進入其中。我對文化，對人生，對生命有種深沈的感受，一方面我拒絕再寫它，另一方面我又致力文化的推動，希望文化能把人的心靈淨化。

康：您對年輕的詩人有些什麼建議？

葉：我想很多臺灣年輕的詩人對市場調查很重視，他們耐不住寂寞，需要掌聲，而我們當年純粹為了喜愛而寫詩，因此執著，不願放棄。而現在的年輕的詩人很多人只渴求即刻的迴響，否則無法堅持，無法找出自己的生命感。我認為我們的文化一直處在被壓迫的情況下，我們必須設法從中國傳統中突破。如果沒有這種文化憂慮和危機感，詩寫來就很表面。事實上很多現代小說都已經走上了這樣的路線，沒有意識重建的價值。

（原刊《中外文學》第十九卷第四期）

作者簡介（一九三七——）

在比較文學、詩歌創作、文學批評，以及翻譯的領域裡，葉維廉教授都有突破性的貢獻。

葉氏一九三七年生於廣東中山，先後畢業於臺大外文系，師大英語研究所，並獲愛荷華大學美學碩士及普林斯頓大學比較文學博士。

葉氏中英文著作豐富；他近年在學術上貢獻最突出、最具國際影響力的，首推東西比較文學方法的提供與發明。從〈東西比較文學模子的運用〉（一九七四）開始，到《比較詩學》一書（一九八三），他根源性地質疑與結合西方新舊文學理論應用到中國文學研究上的可行性及危機！他通過「異同全識並用」的闡明，肯定中國古典美學特質，並通過中西文學模子的「互照互省」，試圖尋求更合理的文學共同規律，來建立多方面的理論架構。在詩歌創作方面，葉氏早期與瘂弦、洛夫等人從事新詩前衛思潮與技巧的推動，影響頗深。他的《中國現代小說的風貌》更是第一本探討臺灣現代小說美學理論基源的書。在翻譯方面，一九七〇年出版的*Modern Chinese Poetry*中有六家被收入美國大學常用教科書中；一九九二年，他又把多年教授的三、四〇年代重要詩人譯介（見其*Lyrics from Shelters: Modern Chinese Poetry 1930-1950*）。而他重溯中國古典美學根源所翻譯的《王維》一卷，以及《中國古典詩文類舉要》（*Chinese Poetry: Major Modes and Genres*）更匡正了西方翻譯對中國美感經驗的歪曲。在英譯中方面，他譯的《荒原》以及論艾略特的文字，在六〇年代的臺灣頗受重視。此外，他又譯介歐洲和拉丁美洲現代詩人的詩歌（見其《眾樹唱歌》），對詩歌視野和技巧的開拓，助益良多。

除學術研究外，葉教授亦是誨人不倦的良師。他一九六七年便任教於加大聖地雅谷校區，曾任比較文學系主任凡十年。一九七〇與七四年，曾以客座身分返回母校臺灣大學協助建立比較文學博士班。一九八〇～八二年，出任香港中文大學英文系首席客座教授，協助建立比較文學研究所。約略同時，他數度被北京社會科學院、中國作家協會、北京大學邀請講授比較文學、近代文學理論、現代文學、臺灣文學，並協助北京大學發展比較文學。而北京方面相繼出版了他的《尋求跨中西文化的共同文學規律》一卷及《中國詩學》一卷。一九八六年在清華大學講授傳釋行爲與中國詩學，深入淺出，論述了跨文化間的傳意、釋意課題。一九八六年後，他一口氣推出了幾冊重要著作，包括詩集《三十年詩》、《留不住的航渡》，散文集《歐羅巴的蘆笛》、《一個中國的海》、《尋索：藝術與人生》和論文集《歷史・傳釋與美學》、《解讀現代・後現代》及英文論文集：*Diffusion of Distances: Dialogues between Chinese and Western Poetics*。

一九九〇年十月，輔仁大學第二屆國際文學與宗教會議「詩與超越」並以葉氏爲主題詩人作專題討論。

滄海叢刊書目㈠

國學類

中國學術思想史論叢㈠～㈧	錢　穆　著
現代中國學術論衡	錢　穆　著
兩漢經學今古文平議	錢　穆　著
宋代理學三書隨劄	錢　穆　著

哲學類

國父道德言論類輯	陳立夫　著
文化哲學講錄㈠～㈤	鄔昆如　著
哲學與思想	王曉波　著
內心悅樂之源泉	吳經熊　著
知識、理性與生命	孫寶琛　著
語言哲學	劉福增　著
哲學演講錄	吳　怡　著
後設倫理學之基本問題	黃慧英　著
日本近代哲學思想史	江日新　譯
比較哲學與文化㈠㈡	吳　森　著
從西方哲學到禪佛教——哲學與宗教一集	傅偉勳　著
批判的繼承與創造的發展——哲學與宗教二集	傅偉勳　著
「文化中國」與中國文化——哲學與宗教三集	傅偉勳　著
從創造的詮釋學到大乘佛學——哲學與宗教四集	傅偉勳　著
中國哲學與懷德海	東海大學哲學研究所主編
人生十論	錢　穆　著
湖上閒思錄	錢　穆　著
晚學盲言(上)(下)	錢　穆　著
愛的哲學	蘇昌美　著
是與非	張身華　譯
邁向未來的哲學思考	項退結　著
逍遙的莊子	吳　怡　著
莊子新注（內篇）	陳冠學　著
莊子的生命哲學	葉海煙　著
墨子的哲學方法	鐘友聯　著

韓非子析論	謝雲飛 著
韓非子的哲學	王邦雄 著
法家哲學	姚蒸民 著
中國法家哲學	王讚源 著
二程學管見	張永儁 著
王陽明——中國十六世紀的唯心主義哲學家	張君勱原著、江日新中譯
王船山人性史哲學之研究	林安梧 著
西洋百位哲學家	鄔昆如 著
西洋哲學十二講	鄔昆如 著
希臘哲學趣談	鄔昆如 著
中世哲學趣談	鄔昆如 著
近代哲學趣談	鄔昆如 著
現代哲學趣談	鄔昆如 著
現代哲學述評㈠	傅佩榮編譯
中國十九世紀思想史(上)(下)	韋政通 著
存有・意識與實踐——熊十力《新唯識論》之詮釋與重建	林安梧 著
先秦諸子論叢	康端正 著
先秦諸子論叢(續編)	康端正 著
周易與儒道墨	張立文 著
孔學漫談	余家菊 著
中國近代哲學思想的展開	張立文 著

宗教類

天人之際	李杏邨 著
佛學研究	周中一 著
佛學思想新論	楊惠南 著
現代佛學原理	鄭金德 著
絕對與圓融——佛教思想論集	霍韜晦 著
佛學研究指南	關世謙 譯
當代學人談佛教	楊惠南編著
從傳統到現代——佛教倫理與現代社會	傅偉勳主編
簡明佛學概論	于凌波 著
修多羅頌歌	陳慧劍 著
禪話	周中一 著

自然科學類

異時空裡的知識追求 ——科學史與科學哲學論文集	傅大為 著

社會科學類

中國古代游藝史 ——樂舞百戲與社會生活之研究	李建民 著
憲法論叢	鄭彥棻 著
憲法論衡	荊知仁 著
國家論	薩孟武 譯
中國歷代政治得失	錢穆 著
先秦政治思想史	梁啓超原著、賈馥茗標點
當代中國與民主	周陽山 著
釣魚政治學	鄭赤琰 著
政治與文化	吳俊才 著
中國現代軍事史	劉馥著、梅寅生 譯
世界局勢與中國文化	錢穆 著
海峽兩岸社會之比較	蔡文輝 著
印度文化十八篇	糜文開 著
美國的公民教育	陳光輝 譯
美國社會與美國華僑	蔡文輝 著
文化與教育	錢穆 著
開放社會的教育	葉學志 著
經營力的時代	青野豐作著、白龍芽 譯
大衆傳播的挑戰	石永貴 著
傳播研究補白	彭家發 著
「時代」的經驗	汪琪、彭家發 著
書法心理學	高尚仁 著
清代科舉	劉兆璸 著
排外與中國政治	廖光生 著
中國文化路向問題的新檢討	勞思光 著
立足臺灣，關懷大陸	韋政通 著
開放的多元化社會	楊國樞 著
臺灣人口與社會發展	李文朗 著
日本社會的結構	福武直原著、王世雄 譯